Ernst Pasqué

Tanhäuser

Romantische Oper in vier Acten, 6 Abtheilungen

Ernst Pasqué

Tanhäuser
Romantische Oper in vier Acten, 6 Abtheilungen

ISBN/EAN: 9783743642829

Hergestellt in Europa, USA, Kanada, Australien, Japan

Cover: Foto ©Andreas Hilbeck / pixelio.de

Weitere Bücher finden Sie auf **www.hansebooks.com**

Tanhäuser.

Romantische Oper in vier Acten.
(6 Abtheilungen.)

Dichtung von Eduard Duller.

Musik

von

C. A. Mangold.

(1813—1890.)

Für den Bühnengebrauch eingerichtet und herausgegeben von
Ernst Pasqué.

—— ✳ ——

Druck von **B. Lehr.**
Zwingenberg an der Bergstraße.
1890.

Nach Uebereinkunft mit den Erben des 1889 verstorbenen Komponisten,
ertheilt jede weitere Auskunft über Partitur und Textbuch,
der Herausgeber Ernst Pasqué.

Alsbach, bei Zwingenberg an der Bergstraße.

Personen.

Tauhäuser, Ritter und Minnesänger	Tenor.
Eckart, dessen Dienstmann	Baß.
Innigis, Eckarts Tochter	Sopran.
Ein Sänger	Bariton.
Ein Auführer der Wallfahrer	Tenor.
Urbanus, Patriarch von Jerusalem	Bariton.
Venus	Sopran.
Amor	

Jäger und Burggesinde Tauhäusers; Bürger von Eisenach, deren Frauen und Kinder; junge Mädchen; Wallfahrer; die Christengemeinde zu Jerusalem; Mönche. (Chor.)

Bacchantinnen und Mänaden; Grazien und Nymphen; Götter, Heroen und Geiſter des Hörſelberges; Gnomen. (Ballet, Chor und Statiſten.)

Verkäufer und Verkäuferinnen; das Spiel der h. drei Könige; Schenkmädchen und Küfer; Schützen, Fahnenträger, Pfeiffer und Trommler. (Statiſten.)

Die Handlung geht vor:

Im erſten Act, in Thüringen, im Walde und in der Nähe von Tauhäuſers Burg; vor dem Hörſelberge und auf einer Wieſe bei Eiſenach.

Im zweiten Act, in und vor dem Hörſelberge.

Im dritten Act, in der Kirche des h. Grabes zu Jerusalem.

Im vierten Act, an der Grenze Thüringens und vor dem Hörſelberge.

DARMSTADT.

Grossherzogliches Hoftheater.

Sonntag, den 17. Mai 1846.

10. Vorstellung in der achten Abonnements-Abtheilung.

Zum Erstenmale:

Tanhäuser.

Große romantische Oper in 4 Aufzügen.

Dichtung von Eduard Duller, Musik von Karl A. Mangold.

Personen.

Tanhäuser, Ritter und Minnesänger	Herr Breiting.
Eckhard, sein Dienstmann	Herr Reichel.
Innigis, Eckhards Tochter	Mad. Pirscher.
Urbanus, Patriarch von Jerusalem	Herr Pasqué.
Venus	Dem. Neukäufler.
Amor	Kath. Vogel.
Ein Harfner	Herr Birnstill.
Anführer der Wallfahrer	Herr Döring.

Burggesinde. Jäger. Bürger von Eisenach, ihre Frauen und Kinder. Wallfahrer. Die Gemeinde zu Jerusalem: Mönche. — Mänaden: Nymphen und Grazien, heidnische Götter und Heroen im Hörielberge: Berggeister.

Die Handlung spielt im ersten Akt in Thüringen, vor Tanhäusers Burg, im Wald vor dem Hörselberg, und auf einer Wiese vor den Thoren von Eisenach; im zweiten Akt: im Inneren des Hörselberges und vor demselben; im dritten Akt: in Jerusalem, und zwar im Inneren der Hauptkirche; im vierten Akt wieder in Thüringen, an der Gränze dieses Landes und vor dem Hörselberg.

Die Arrangements im Zauberberg, Tänze, Gruppirungen und Tableaux, sind von Herrn Balletmeister Tescher.

Actus I. Nr. 1. Zug der Mänaden, Nr. 2. der Ringelreih'n, Kindertanz und Spiel, bei dem Volksfest.

Actus II. Phantastisch-idealische Scene, mit Tänzen und Gruppirungen der Gnomen, Nymphen und Grazien, ausgeführt vom Sänger- und Ballet-Personale. Die Solis getanzt von dem Anführer der Gnomen Herrn Dornwas. Erste der Nymphen Dem. Tittmann II. Erste der Grazien Vogel II.

Actus IV. Schluß Tableau, das Wiedersehen darstellend.

Beurlaubt: Mad. Marlow.

Preise der Einlaß-Billets:

Logen der ersten Reihe	1 fl. 12 kr.	Sperrsitze	1 fl.	— kr
Logen der zweiten Reihe	1 fl.	Parket	—	48 „
Logen der dritten Reihe	— 36 „	Parterre	—	36 „
Große Fremdenloge	— 42 „	Erste Gallerie	—	24 „
		Zweite Gallerie	—	12 „

Einlaß-Billets sind am Tage der Vorstellung Vormittags von 8 bis 11 Uhr und Nachmittags von 1 bis 3 Uhr in der Wohnung des Großherzoglichen Hoftheaterkassiers Lipp Bleichstraße Lit. F. Nr. 106, sodann des Abends an der Kasse zu haben, sind aber nur für die Vorstellung gültig, für welche sie gelöst sind.

Anfang um halb 7 Uhr, Ende gegen 10 Uhr.

Die Kasse wird um 5 Uhr geöffnet.

Einführung in die Oper.

„Eine zweite Tanhäuser-Oper — wozu? Als ob wir nicht an dem Wagner'schen Tannhäuser eine Oper besäßen, die, ein Meisterwerk ersten Ranges, für alle Zeiten genügen dürfte!" — So wird man ge= wiß fragen — sich sagen, ohne zu bedenken wie oft und in wie ver= schiedenartigster Form ein glückliches Motiv sich in allen Künsten wie= gegeben findet. Erfüllt es nur die Bedingung eines wirklichen Kunst= werks, entspricht dem künstlerischen Vorwurf die vollendete Form, so kann das eine Werk mit Glück neben dem andern bestehen. Man denke nur an die Göttin der Schönheit als Motiv der Bildner des klassischen Alterthums, an die Madonnen und Passionen in den ver= schiedenartigsten Auffassungen der berühmten Maler, von der Früh= Renaissance an, bis auf die Gegenwart, an die schier zahllosen Iphi= genien und Alcesten, von den griechischen Tragikern an, bis auf Ra= cine und Göthe im recitirenden Schauspiel, in der Oper von Quinault= Lully, Händel, Metastasio bis auf Gluck und Wieland-Schweizer. Wie oft und in wie mannigfaltigen Formen ist nicht das Volksbuch von dem Schwarzkünstler Faust auf die Bühne gebracht worden, in der Oper von Spohr und Gounod, deren Werke in unserer Zeit mit bestem Erfolg gegeben wurden.

Warum sollten nun nicht auch zwei Tanhäuser-Opern neben einander bestehen können?

* * *

Der im Sommer 1889 gestorbene Komponist C. A. Mangold, war einer der tüchtigsten und gewissenhaftesten Musiker seiner Zeit; reiches Wissen und Erfindungsgabe zeichnen ihn aus und bewähren sich in all' seinen Werken, von denen manche sich Ehrenpreise errangen. Den größten Meistern seiner Kunst strebte er nach, ohne dabei seine Selbständigkeit zu opfern, wie dies z. B. seine eigenartigen Kompo= sitionen: „die Herrmannsschlacht, ein Konzert=Melodram" und „Elysium, eine Symphonie=Kantate" bekunden. Sein „Tanhäuser" ist unbedingt sein bestes Bühnenwerk, das bei jeder Aufführung auf der Darm= städter Hofbühne (von 1846 —50) einen vollen Erfolg erzielte — trotz der ungewöhnlichen Persönlichkeit der Darsteller der beiden Haupt= rollen, welche nur schädigend wirken konnte. — Es ist nicht allein eine gute, sondern auch eine dramatisch wirkende Musik, die allseitig von der Kritik als solche bezeichnet und mit warmen Worten gepriesen wurde.

Auch die Dichtung Dullers hat ihre ganz besonderen Vorzüge, die mit Recht hervorgehoben werden dürfen. Hat doch schon gleich beim Erscheinen der beiden Tanhäuser-Opern einer unserer bedeutensten Bibliographen und Literatur-Historiker, Dr. Grässe, in seinem Tanhäuser-Buche (2. Aufl. Dresden, 1861, p. 23) der Duller'schen Arbeit den Vorzug gegeben. Wagner hat den „Sängerkrieg auf Wartburg" mit der Tanhäuser-Sage verflochten, Duller sich strenger an das alte Volkslied gehalten; er führt uns in der Handlung Tanhäusers Pilgerfahrt, den Fluch Urbans (hier Patriarch von Jerusalem), mit großer dramatischer Wirkung vor. Auch den treuen Eckart, den Warner vor Frau Holle, hat er als wirksam handelnde Person seinem Tanhäuser dienstbar gemacht und ein poetisch-schönes, ergreifendes Motiv gefunden, den im Vennsberge schwelgenden Tanhäuser aus seinem sinnlosen Taumel emporzureißen, ihn an die Außenwelt, sein Seelenheil zu mahnen. Venus schickt Amor aus, die Kinder der Bürger Eisenachs, welche sich auf der städtischen Festwiese vergnügen, an sich zu locken und in den Hörselberg zu entführen. Der Anblick dieser unschuldigen Kleinen, die den jammernden Eltern grausam entrissen wurden, die nun verloren, für ewig verdammt sind in dem Zauberberge zu weilen, giebt Tanhäuser die Besinnung wieder. — „Mir dämmert's, wie alte Sagen — von Gott! Die Kinder mahnen mich daran!" ruft er und will fliehen. Nach langem Sträuben giebt die Göttin ihn endlich unter den bekannten Bedingungen frei, doch die Kinder behält sie als Pfand der Wiederkehr Tanhäusers, die sie voraussieht, bei sich im Zauberberge. — Erst der blühende Stab bringt den Kleinen und Tanhäuser endliche Erlösung. Duller hat dies Blühen des Stabes sofort seiner Handlung einverleibt, während Wagner es (gleich der Pilgerfahrt und Verdammung Tanhäusers), in seiner ersten Bearbeitung von 1844, nur erzählen läßt, bis er 1847 den neuen heutigen Schluß: das Auftreten der Pilger mit dem blühenden Stab, seiner Oper einfügte.

* * *

Noch bleibt die Entstehungszeit der beiden Tanhäuser-Opern festzustellen. Nach Glasenapp, des Meisters Biograph, soll sich Wagner schon in seiner Jugend, dann während seines Aufenthalts in Paris, mit der Tanhäuser-Sage befaßt haben; lt. seines eigenhändigen Entwurfs der Oper (heute im Besitz der Witwe des ehemaligen Großh. Hess. Hofkapellmeisters Gustav Schmidt in Darmstadt), begann Wagner die Komposition seiner Oper „Tannhäuser" im November 1843 in Dresden und vollendete sie (mit dem ersten Schluß), am 29. Dezember 1844; der zweite, heutige Schluß, wurde am 30. April 1847 fertig. — Nach seinem Tagebuch und dem mir vorliegenden

Partitur-Entwurf, begann Mangold die Komposition seiner Oper „Tanhäuser", am 8. October 1843 (also einen Monat früher als Wagner), und vollendete sie am 6. Januar 1845 (also nur eine Woche nach Wagner). Ist dies nicht ein merkwürdiges Zusammentreffen? Ohne daß ein Komponist nur eine Ahnung von dem gleichen Vor= haben des anderen hat, beginnen und vollenden beide ihre Arbeit zu gleicher Zeit, fast auf denselben Tag! — Die Aufführungen beider Opern liegen jedoch weiter auseinander. Wagner ist Hofkapellmeister in Dresden und bringt seinen „Tannhäuser" dort am 19. October 1845 „heraus", während die erste Aufführung von Mangolds „Tanhäuser" erst am 17. Mai 1846 stattfindet: sieben Monate nach der Erstauf= führung von Wagners Oper. Dies jedoch nicht weil Mangolds Werk erst jetzt bühnenreif gewesen wäre — es war es ja schon längst! — sondern nur aus lokalen Ursachen: Schluß des Hoftheaters im Mai, Wiedereröffnung im September und gewohntes langsames Vorgehen mit Novitäten.*)

* * *

Eduard Duller (geb. 1809 in Wien), war 1836 von Frankfurt nach Darmstadt übersiedelt; Carl Amadeus Mangold (geb. 1818), kehrte 1839 von Paris, wo er seit 1836 im Conservatoire seinen Studien obgelegen hatte, nach seiner Vaterstadt Darmstadt zurück und übernahm noch im selben Jahr die Musikdirectorstelle des bortigen Musikvereins. 1841 wurde er Correpetitor des Großherzogl. Hoftheaters. Von glühendem Schaffenstrieb erfüllt und von Mendelssohns Erfolgen angefeuert, componirte er für seinen Verein im Lauf der Zeit 10 große Oratorien und viele andere Konzert=Piecen, die stets allge= meinen Beifall und auch weitere Verbreitung fanden. Auch eine kleine und eine mehractige Oper („Fiesko") schrieb er nach vor= handenen und selbst zurechtgelegten Texten, doch erst seine dritte Oper „das Köhlermädchen" (3 Acte), erlebte am 30. April 1843 ihre Erstaufführung auf der Darmstädter Hofbühne. Mittlerweile hatte er

*) In jener Saison, 1845/46, erschienen auf dem Großh. Hof= theater an Opern=Neuheiten: „Lucie von Lammermoor", der „Wildschütz" und die „Kronbiamanten" von Auber. Die Einstudirung letzterer Oper wollte, des etwas bequemen Spieltenors halber, nicht vom Fleck und Mangolds „Tanhäuser" verlor bereits alle Aussicht noch im Lauf der Saison zur Aufführung zu gelangen. Da entschloß sich der Bariton (mit hoher Stimm=Lage), die Tenorrolle des Don Enriquez zu über= nehmen. (Er kannte die Oper, hatte sie 1841 und später mehrfach in Paris gesehen, und kaum 14 Tage später, am 26. April 1846, fand die Erstaufführung der „Kronbiamanten" statt. Dann ging es an Mangolds „Tanhäuser" der denn auch schon am 17. des folgenden Monats Mai glücklich zur ersten Vorstellung gelangte.

Duller kennen gelernt, sich mit dem Dichter befreundet und die Folge davon war das Opernbuch „Tanhäuser", welches Duller, angeregt durch die melodieenreiche Musik Mangolds, nach dem alten, so vielfach umschriebenen Volksliede gedichtet hatte. Die Oper erhielt sich auf dem Repertoir des Großh. Hoftheaters bis zum Jahr 1850; 1851 brachte Mangold eine neue Oper (seine letzte), „Gudrun", zur Aufführung.

— Was Mangold noch als Oratorien-Komponist geleistet, ist bekannt und kann hier nicht erwähnt werden, da wir es nur mit seiner Oper „Tanhäuser" zu thun haben. — Am 5. August 1889 erlag er einem Herzschlag in dem romantischen Oberstdorf im Allgäu, wohin er zur Erholung mit seiner Tochter gezogen war.

* * *

Wenn nun heute der Unterzeichnete den Versuch unternimmt durch Beseitigung einiger scenischen Mängel, die sich bei den verschiedenen Aufführungen fühlbar machten, Mangolds Oper „Tanhäuser" wieder ins Bühnenleben zurückzurufen, so geschieht dies nicht allein um das heutige Opern-Repertoir durch ein wahrhaft gutes und wirksames musi= kalisches Bühnenwerk zu bereichern, sondern hauptsächlich weil er es für eine Ehrenpflicht dem todten Meister gegenüber hält dessen Haupt= werk, das durch die Zeitverhältnisse fast ein halbes Jahrhundert lang einer unverdienten Vergessenheit anheimgefallen ist, der Gegenwart wiederzugeben. Daß gerade ich, der ich mit dem Komponisten lange Jahre befreundet war, der ich in der ersten und letzten Aufführung seiner Oper mitwirkte, dazu berufen bin, darf mich mit einem freudigen Stolz, wohl auch mit der Hoffnung erfüllen, ein unternommenes gutes Werk der Verwirklichung entgegen geführt zu haben.

Alsbach, an der Bergstraße, im October 1890.

Ernst Pasqué.

Erster Act.

Abtheilung I.: In Thüringen. — Waldlichtung in der Nähe von Tanhäusers Burg, und vor dem Hörselberge.

Freier Platz im Walde, links, Lichtung, ein Weg der scheinbar nach der Burg Tanhäusers führt, von der nur ein Mauerpförtchen sichtbar ist. Sonniger Morgen.

Scene 1.

Jagdgesellen und Knechte Tanhäusers; Burg-mägde und Bäuerinnen; Tanhäuser; Eckart und Innigis.

Auf dem moosigen Waldboden lagern die Jagdgenossen und Knechte (Männerchor), zur Jagd gerüstet und Ritter Tanhäuser erwartend. Aus dem Hintergrunde, über den Weg und scheinbar aus der Burg, kommen die Mägde und Bäuerinnen (Frauenchor), mit Ackergeräthschaften und Körben zum Sammeln von Blumen und grünen Zweigen.

Die Burgmägde und Bäuerinnen, auf ihrem Wege die Jäger begrüßend.

Fröhlich kehret uns heim in die Hallen,
Die wir euch schmücken mit Kranz und mit Strauß.
Wenn die Hörner zur Wiederkehr schallen,
Empfange euch freundlich das gastliche Haus.

Tanhäuser, mit einigen Jägern, Eckart und Innigis, die ihm folgen, sind aufgetreten, von links, Hintergrund. Die Lagernden erheben sich.

Tanhäuser.

Auf, ihr Gesellen! die Höhen schon prangen
Frisch in des Morgens goldigem Schein.
Hörnerklang steigert des Jägers Verlangen,
Auf! und hinaus in den duftigen Hain!

Die Jagdgesellen und Knechte.

Mit Waidmannsglück und lustig umschallt,
Hinaus in den grünen, den duftigen Wald.
Frischauf zur Pirsch
Auf Eber und Hirsch!

1

Eckart, zu Innigis, welche scheu bei Seite steht.
Mein Kind ich zieh' nun zum Walde hinaus,
Folgen will ich dem Herrn, dem theuren.
Sorge daß die Knechte nicht feiern,
Rüste das Mahl und schmücke das Haus.

Innigis, für sich.
Auch der Lenz bringt Knospen und Keime,
Die sich dem Glücklichen schwellend entfalten.
Mir nur, müssen sie früh veralten,
Mir entblüht kein Blümlein daraus.

Tanhäuser, gefolgt von Eckart, ist mit den Jägern abgegangen, Hintergrund rechts, in den Wald. Innige blickt ihnen nach bis sie ihrem Auge ent-schwunden sind, dann kehrt sie zum Vorgrund zurück.

Innigis, allein.
Einsam bin ich,
Ach, so innig
Lieb' ich ihn! —
Auf Erden Niemand, nur droben die Sterne,
Sie wissen
Was lieben heißt und meiden müssen;
Sie wissen's und trösten mich armes Kind,
Und hülfen mir gerne.

Leicht entbehrt das Herz der Wonne,
Doch in Träumen schwärmt es gern;
Steht doch droben auch die Sonne
Unserm Auge, ach, wie fern!
Treue kann ja nicht verderben,
Wie am Himmel bleicht kein Stern;
Laß' mich für den theuren Herrn,
Gott der Treue liebend sterben!

Er geht mir vorüber
Sorglos, wie ein Frühlingshauch,
Und doch um so lieber
Denk' ich an ihn! —
Wohin er auch wandelt,
Auf jeglichem Schritt,
Geht mit dem Geliebten
Meine Liebe stets mit.
Sie kann ihn nicht lassen

Und läßt ihn auch nicht,
Ob einst auch vor Sehnsucht
Das Herz mir bricht! — (Zauberklänge in der Ferne.)
·(Zusammenfahrend.) Horch! welch ein Klang?
Mich fasset unsäglich Bangen.
Mir ist als nahe zauberische Gewalt,
Tanhäuser, dir, und nähme dich gefangen.
Mir sagts mein Herz — dir droht Gefahr!
Ihm nach!   Sie eilt im Hintergrund, rechts, ab.

Scene 2.
Eckart; dann Innigis.

Zauberklänge in der Ferne, dazwischen Hornrufe. — Eckart tritt hastig,
verstört ganz im Vorgrund, rechts, auf.

Eckart.

Ich hab ihn verloren —
Ich find ihn nimmermehr.
Weh mir! — Ihn verlockte
Nur jener Zauberschall.
Mir selbst, dem Warner, stockte
Das Blut bei seinem Wiederhall.

Zauberklänge stärker und näher.

Innigis, aus dem Hintergrund, rechts, auftretend, athemlos und
wankend.

Mein Vater! mein Vater!

Eckart, sie in seinen Armen auffangend.

Mein Kind! — Was suchtest du dort im Walde?

Innigis, wie vorhin.

Es rief — es klang — es lockte mich fort —
Horch! — wie es schon wieder schallt!

Eckart.

O hör' nicht darauf!
Hast du vergessen die Kunde?
Bewahre dein Herz — bewahre dein Ohr —
Bewahr' sie in böser Stunde!

(Nach rechts deutend.)
Dort, hinter des Berges steinerner Wand,
Dort sitzen die heidnischen Götter gebannt,
Gebannt seit tausend Jahren.
Sie regen sich oft, sie möchten gar gern
Heraus an's Sonnenlicht fahren.

Es steht an der Pforte ein Baum von Gold,
Der treibet Zweiglein wunderhold,
Je eins in hundert Jahren;
Und schießt ein Zweig am goldnen Baum
Dann locken die heidnischen Schaaren.

Sie rufen, sie locken, sie möchten hinein
Verlocken die Menschen in's öde Gestein,
Damit sie auf ewig verderben.
Denn sie sind verdammt zu gräßlicher Pein
Und können nicht leben, nicht sterben. (Zauberklänge.)

Innigis.

Mein Vater, mein Vater — hörst du den Schall,
Noch lauter — und mächtiger klingen?
Er lockt den Geliebten!

Eckart.

Was sagst Du, mein Kind?!

Innigis.

Der Zauber will ihn umschlingen.
Ihm nach! — ihn zu retten! (Sie will abeilen.)

Eckart, sie zurückhaltend.

Was ist Dir geschehen, mein Kind?

Innigis, in höchster Aufregung.

Mein Vater, mein Vater, jetzt muß ich's gesteh'n,
Da ihn höllischer Zauber umwunden —
— Ich liebe ihn!

Eckart.

Tanhäuser? — Du liebst ihn?! O Gott!

Innigis.

Ich lieb' ihn, mein Vater, getreu bis zum Tod,
Mein Loos ist an seines gebunden.

Eckart.

Weh Dir, mein Kind! Von solcher Noth
Kann nie dein Herz gesunden.

Innigis.

Ich liebte ihn heimlich, in sehrendem Leid,
(Jubelnd.) Jetzt sag' ich's: ich lieb ihn in Ewigkeit!
Ich laß in Gefahren ihn nimmer allein,
Ich folg' ihm — und wär' es zur ewigen Pein!
(Sie will forteilen.)

Eckart, sie abermals zurückhaltend.

Mein Kind, o mein Kind, es muß mir dein Wort
Das Herz zu Tode verwunden.
Dich blendet der Liebe verzehrende Glut,
O denk an der Seele unsterbliches Gut,
An des Glaubens, der Kirche Gebot.

Innigis, in feierlicher Begeisterung.

Mein Glaube gebeut mir die Treu' bis zum Tod,
Mein Loos ist an seines gebunden.

Eckart, klagend.

Der Trost meines Alters, er läßt mich allein!

Innigis.

Du kennst die Liebe, du kennst die Treu'!

Eckart.

Ich kenne die Liebe, wohl auch die Treu'!

Innigis.

So laß uns ihn suchen, ihn retten,
Bevor ihn die Zauber umketten!

Eckart.

Ich folge Dir, komm'! Gott steh' uns bei! —

So laß uns ihn suchen, ihn retten,
Bevor ihn die Zauber umketten.
Wie du dem Geliebten unwandelbar treu,
Will ich dir folgen, wohin es auch sei!

Beide.

Komm' laß uns ihn suchen, ihn retten!
Gott stehe uns bei! (Beide rasch ab, Hintergrund, rechts.).

Scene 3.

Tanhäuser; dann Mänaden (Frauenchor und
Ballet); später Venus; Eckart und Junigis.

Langsam hat sich die Scene verdunkelt; die Zauberklänge werden
wieder in der Ferne hörbar — sie scheinen sich zu nähern. — Pause,
dann tritt Tanhäuser ganz im Vorgrund, rechts, auf.

Tanhäuser, in höchster Aufregung.

Was hab' ich gesehen! — War es ein Traum?
Ein Weib erschien dem Auge, in voller Herrlichkeit!
Ich will es flieh'n — doch übermächtig
Zieht's mich hin zu der Holden. —
Mir ist als wäre der Sehnsucht Ziel gefunden,
Mein sehnend Träumen Wirklichkeit geworden:
Ich sah kein irdisch Weib - es war ein Götterbild!

Der Gesang der Mänaden beginnt wie aus der Ferne kommend, dann
anschwellend und wieder verklingend.

Chor der Mänaden, hinter der Scene.

Schwinget den Thyrsos, geißelt die Tiger,
Spornet die Panther zu rascherem Ritt;
Dem Gotte voran, dem herrlichen Sieger,
Daß Freude entkeim' unter jeglichem Tritt.

Während dieses Chors ras't eine Bande Mänaden, die Thyrsusstäbe
schwingend, in tollem Wirbel über die Scene, aus dem Vorgrund,
rechts, im Bogen nach dem Hintergrund, rechts, wie eine übernatürliche
Erscheinung kommend und verschwindend. Tanhäuser, an dessen Auge
sie im Tanzen vorüberfliegen, steht ganz im Vorgrund, links. —
Der decorative Vorgang beginnt.

Tanhäuser, in Extase, ihnen nachrufend.

Halt, Halt! — Sie sind von hinnen —
Euch nach! — Wohl hab ich den Gruß verstanden —

Euch nach! — befreit von irdischen Banden
Ein Götterleben zu beginnen,
Der Schönheit Urbild zu umfangen.
(Er schleudert sein Schwert das mit einem Kreuzgriff versehen sein
muß weit von sich.)
Hinweg mit dir, du nütz Eisen!
Erklinget Lieder! — der Liebe tönet allein.
Mein ewig Theil sei jetzt zu preisen
Die Schönheit, als einziges, ewiges Sein!

(Der decorative Vorgang hat hier sein Ende erreicht, Berg und Wand
stehen fest.)

Nach dem Verschwinden der Mänaden, beginnt die Waldbecoration
des Hintergrundes, rechts, sich nach links hin zu bewegen, möglichst
unmerklich weiterzuschieben, als ob Tauhäuser mit seinen Worten:
„Euch nach!" durch den Wald dem Zauberberge entgegeneile. Nach
und nach verdeckt der Wald den Prospect, die mächtigen Bäume wachsen
mit ihren Kronen zu den Soffitten empor, bis endlich der Zauberberg
immer näher kommend, sich verbreitert und emporsteigt, so daß er endlich
mit dem Wald den ganzen Hintergrund verdeckt.

Stimmen in dem Berge, (durch Schallröhren.)

Tauhäuser! — Tauhäuser! — Tauhäuser!

In dem Berge öffnet sich krachend eine weite Felsenpforte und man
erblickt das im glänzenden magischen Licht erstrahlende Innere des
Zauberberges. Mänaden, Bacchantinnen und Nymphen, Könige,
Helden und Sänger mit Harfen sind in einzelnen Gruppen zu schauen.
— In der Mitte des Berges und der Gruppen ein goldener Baum,
mit grüngoldener sich weit ausbreitenden Krone; ein neuer reingoldener
Zweig ist dem Stamm entsprossen: von ihm scheint das magische
Licht auszugehen.

Stimmen in dem Berge, geheimnißvoll lockend.

Folge uns Sänger,
Säume nicht länger!
Tönend winkt dir der goldene Zweig,
Oeffnet dir der Schönheit Reich!
Tauhäuser! — Tauhäuser! — Tauhäuser!

Im Innern des Berges, vor dem goldenen Baum erscheint Venus,
die dann aus dem Felsenthor hervorschreitet. Tauhäuser wird wie
durch einen Zauber nach und nach zu ihr hingezogen. Zugleich sind
links im Walde, zwischen den Baumstämmen, Eckart und Junigis
sichtbar geworden.

Venus.

Geh' ein in's selige Götterleben,
Denn Gott und Sänger steh'n sich gleich.

Tanhäuser.

Die Wahrheit hat mich aufgegeben,
Ich flüchte in der Fabel Reich.

Eckart.

O weiche von des Berges Pforte,
Es gähnt dich an wie ew'ge Gruft.

Innigis.

O horche nicht dem Zauberworte,
Es ist die Hölle, die dir ruft!

Eine Nymphe hat Venus eine gefüllte Schale gereicht.

Venus, die Schale emporhaltend.

Vom gold'nen Becher sollst du nippen,
Von ewiger Jugend süßem Trank.

Tanhäuser.

Vom gold'nen Becher will ich nippen,
Von ewiger Jugend süßem Trank.

Eckart.

O koste nicht von diesem Trank!
Verderbend flammt er auf den Lippen,
Es ist der Hölle schnöder Dank.

Innigis.

Der Angstruf stirbt auf meinen Lippen,
O koste nicht vom Zaubertrank!

Venus.

Ein einzig Lied von deinen Lippen
Sei gold'ner Labe gold'ner Dank!

Tanhäuser.

Wer ist's, der mir den Becher spendet?
Es strebt nach dir mein Herz, mein Sinn.

Venus.

Die Götterfürstin ihn dir sendet,
Der Minne hohe Königin. (Sie reicht ihm den Becher.)

Tanhäuser, den Becher ergreifend.

Mein Hoffen hat mich nicht betrogen,
Sie spendet Becher mir und Gruß.
O nehmt mich auf, demantne Bogen,
Wie dürst' ich nach der Fürstin Kuß!

Venus.

Mein Busen wallt in sanften Wogen,
Entgegenbebend deinem Gruß.
Gewährung glüht als Farbenbogen
Und auf den Lippen keimt der Kuß!

Eckart.

Die Hölle ist's die dich betrogen,
Noch ist es Zeit, o kehr zurück!
O seid verflucht, ihr Demantbogen,
Verflucht der Heidin Zaubergruß!

Innigis.

O halte ein! Mit Nacht umzogen
Hat dich der Hölle Schmeichelgruß;
Zum Grabe wölben sich die Bogen,
Verderben bringt der Fürstin Kuß!

Tanhäuser hat den Becher geleert und weit von sich geschleudert.
Nun folgt er Venus in den Berg. Der goldene Baum bewegt seine
Aeste und tönt. Tanhäuser und Venus entschwinden den Augen der
Zuschauer und ein Nebel scheint sich über das Innere des Berges,
dessen Lichtglanz abnimmt, zu breiten. Langsam — nach und nach,
rücken die Felsen vor, den Eingang des Zauberberges zu schließen. —
Innigis will Tanhäuser folgen; sie wird von ihrem Vater zurückgehalten.

Innigis, in Verzweiflung aufschreiend.

Tanhäuser! Tanhäuser! Ich lasse dich nicht.
In Noth und Tod, in Grab und Verdammniß
Muß ich Dir folgen. (Sie will in den Berg, der sich in
diesem Augenblick krachend, vollends schließt.)

Eckart, innigis bei der Hand fassend.

Du thöricht Kind!
Giebst du die Seligkeit ewig verloren? —
Hier wirst du bleiben. In starken Armen
Hält dich der Vater. Zum Ewigen droben
Laß uns beten — er hat Erbarmen.

(Sein Kind im Arm haltend, macht er das Zeichen des Kreuzes gegen
die Felsenpforte.)

Im Namen des Dreieinen,
Red' ich zu euch, verfluchten Steinen!
Kraft jenes Bluts, so fünffach geflossen,
Sei fünffach versiegelt der Fels und verschlossen.
Empor —
Pflanz' ich als Kreuz dies Schwert vor's Thor!

(Er hebt Tanhäusers zurückgebliebenes Schwert vom Boden auf und
stößt es, den Kreuzgriff nach oben, vor den Felsen in die Erde.)

(Zu Innigis.) Du, hüte hier die Schwelle,
Indeß ich Runde halte, ein schlummerloser Geselle.
Daß nicht verlockt vom Zauberschalle
Ein Mensch hinfür betritt des Berges Halle.
Den Wächter und Warner schützt sein Glaube allerwegen,
Dich, deine Unschuld und des Himmels Segen!

Eckart umarmt, segnet und küsset Innigis auf die Stirne, zieht sein
Schwert und entfernt sich nach Rechts, als Wächter und Warner die
Runde um den Zauberberg zu halten. — Innigis pflückt Blumen,
windet sie zum Kranz und schmückt damit den Kreuzgriff an Tanhäusers Schwert.

Innigis, allein.

(Betend sinkt sie nieder.) Heil'ge Mutter, voll der Schmerzen,
Die du hielst am treuen Herzen
Deinen heißgeliebten Sohn.
Sieh mich hier von Gram umfangen,
Blick' erbarmend auf mein Bangen
Nieder von dem Himmelsthron.
Ave Maria! — Ave Maria!

Du auch weintest heiße Thränen,
Du auch kanntest Lieb' und Sehnen,
Hoffend flehe ich zu dir;
All' mein Leben ist ja Hoffen —
Halte ihm dein Herz noch offen,

Nur für ihn gieb Gnade mir!
Ave Maria! — Ave Maria!

Der Komponist hat bei späteren Aufführungen dieses „Ave Maria"
durch eine belebtere Gesangsscene ersetzt, die hier folgt:

Innigis.

In des Berges Grab
Das dich umfangen,
Send ich in brünstigem Verlangen
Meiner Seele Gruß zu dir hinab.
O hörst du ihn nicht,
Wie er dringt zu dir nieder?
Wie er treu zu dir spricht:
Kehr' wieder! — kehr' wieder
Zum goldenen Sonnenlicht!
Zur blühenden Au'!
In's Waldesgrün und zum Himmelsblau!
Kehr' wieder zum Leben
Das allwärts sich regt!
Kehr' wieder zum Herzen
Das nur für dich schlägt!
Entfliehe dem Trugbild der Hölle,
Es bringt dir nur Reue und Leid —
Und tausche dafür der Erde,
Des Himmels Seligkeit!

Sie sinkt betend vor dem Kreuze nieder. — Der Zwischenacts-Vorhang
fällt rasch.

Verwandlung.

Abtheilung II. — Wiese vor dem Georgenthor der Stadt Eisenach.

Volksfest.

Links, im Vorgrund, eine alterthümliche praktikable Schenke mit grünen
Maien geschmückt, eine große Fahne hängt von oben weit in die Scene
hinaus. Holztische und Schemel stehen davor. Ganz im Vorgrund,
vor der Seitenwand des Hauses, auf einem Bockgestell, ein großes be=
kränztes Faß aus dem der Wirth in Krügen und Humpen den Wein
zapft, den Schenkmädchen den Zechern an den Tischen kredenzen. —
Rechts, im Vorgrund, ein offenes Zelt, ebenfalls mit Maien bekränzt.
Zur Seite und ganz vorne, die große Schützenfahne an ihrer in der
Erde aufrechtstehenden Stange. Vor und in dem Zelte, Schemel,
kleine Tische ꝛc. Neben dem Zelte, die rechte Seite einnehmend, Ver=
kaufsbuden aller Art; die letzte derselben sich im stumpfen Winkel nach
der Mitte ziehend, ist eine Gauklerbube mit einem Gerüst für die

Spielenden. Zwischen dieser und der vorletzten Bude, freier Durchlaß nach dem Schießplatz. — Weiter nach links, erblickt man auf dem Prospect die Stadt Eisenach, dann schließt Wald den Hintergrund ab. Dieser (practikable) Wald zieht sich nun die ganze linke Seite hinab bis an die Schenke.

Etwa in der Mitte des (tiefen) Theaters, ein Maibaum: kahler hoher Stamm mit spitz zulaufender Fichtenkrone. Diese ist von einem weiten bunt aufgeputzten Reifen umringt, die an Guirlanden, von der Spitze ausgehend, niederhängt; bunte Bänder und Fähnlein, glitzernde Gold- und Silberstreifen zc. sind daran befestigt. **Es ist Abend.** — Abendroth, dann Dämmerung, endlich Nacht.

Scene 1.

Bürger und Bauern; Frauen und Mädchen (Männer- und Frauenchor); Schenkmädchen, Schützen; Soldknechte und Fahnenträger, Pfeiffer und Trommler der Stadt Eisenach; Verkäufer und Verkäuferinnen; das Spiel der h. drei Könige; Amor (Ballet); ein Sänger; eine Anzahl Kinder: Knaben und Mädchen.

Die Bürger und Bauern sitzen vor der Schenke und zechen, werden von den Schenkmädchen bedient. Die Verkäufer und Verkäuferinnen sind in ihren Buden, vor denselben Frauen und Mädchen die feilschen und kaufen. Aus dem Durchlaß, Hintergrund, rechts, ziehen die Schützen, von ihrem Schießplatz kommend, auf, voran Pfeiffer und Trommler, Fahnenträger und Soldknechte der Stadt Eisenach. Sie ziehen im Bogen an der Schenke, links, vorüber, wo ihnen von den dort zechenden Bürgern und Bauern zugetrunken wird; dann lassen sie sich vor und in dem Zelt, rechts, nieder. — Auf dem Gerüst der Gauklerbude zeigen sich in grotesker Gewandung die h. drei Könige. Unter ihnen bewegt sich ein Euglein: es ist Amor, angethan mit einer rosa Tunika, Sandalen an den Füßen, auf dem Rücken zwei Flügelein, Pfeilbogen und gefüllter Köcher, auf den Locken einen Kranz von rothen Rosen. — Der Sänger mit der Laute auf dem Rücken, bewegt sich unter der Menge.

Sobald der Schützenzug vorüber ist, die Schützen und Knechte sitzen und zechen, beginnen die Kinder, vorerst dem Publikum vollständig sichtbar, ihre Spiele; sie tanzen im Ringelreigen um den Maibaum. Jetzt springt Amor (gleichsam fliegend) von der Bühne der Gaukler- bude hinab und mischt sich unter die Kinder, denen er Blumen ver- theilt, die gleichsam unter seinen Händen hervorwachsen. — Später be- ginnt er einen neuen Reigen mit ihnen, stellt sich an ihre Spitze und führt sie in langer Schlangenlinie immer näher dem Walde zu, in dem er später — beim Stichwort — mit den Kindern verschwindet.

Beim Aufziehen des Zwischenacts-Vorhang ist die Scene, wie ange- geben, bunt belebt. Der Chor der Zecher, beginnt sofort, desgleichen der Aufzug der Schützen.

Chor der Zecher, vor der Schenke.

Stoß an! Trink aus! und setz' ihn nieder,
Den leeren Becher — und füll' ihn wieder!
Lustig gelebt und selig gestorben,
Heißt dem Satan die Rechnung verdorben!

Chor der Verkäufer und Verkäuferinnen.

Kaufet! kaufet, Litzen, Band,
Süße Kuchen um zu naschen,
Perlenschnüre, goldner Tand,
Kauft! wer Geld hat in den Taschen.

Chor der Zecher, zu dem Sänger der näher getreten.

Stoß' an! trink aus! — und singe!

Der Sänger, zur Laute singend.

O höre, fromme Christenschaar,
Was ich anjetzo singe;
Die liebe Welt steht manches Jahr
Und treibt gar bunte Dinge.
Uns ist geweißsagt, daß ihr's wißt,
Es kommt gar bald der Antichrist! —
Daß Gott das Unheil wende!
Dann hat die Welt ein Ende.

Das Abendroth hat den stärksten Grad erreicht und nimmt nun rasch ab, in Dämmerung, dann Dunkelheit übergehend. — Während des folgenden Chors, sammeln sich alle Uebrigen, Schützen, Frauen ꝛc. um den Sänger, so daß die Kinderschaar unbeachtet bleibt. Jetzt beginnt Amor den Schlangenreigen.

Chor der Zecher.

Und nimmt die Welt ein End' sobald,
So laßt uns zuvor noch fröhlich sein.
Bis daß wir werden bleich und kalt,
Woll'n wir noch kosten den goldnen Wein! Lalerala!

Der Sänger.

Von Zeichen hört man mancherlei,
Die sich gar graus begeben
Der alte Feind ist wieder frei,
Thut seine Stimm' erheben.
O Menschenvolk! mach' Reu und Leid,

Daß Gott von uns, in Ewigkeit,
Sein Angesicht nicht wende! —
Sonst hat die Welt ein Ende!

Während des nun folgenden Chors geht die Dämmerung in (nicht zu
dunkle) Nacht über. — Amor hat die Kinderschaar, wie früher ange=
geben, nach dem Wald gelockt und ist nun dort mit ihr verschwunden.
Alle Anwesenden haben den Sänger im Halbkreise umringt und ver=
decken so den Hintergrund.

Chor der Zecher.

Und mag die Welt zu End' sich dreh'n,
Sie dreht sich schon lang — wir drehen uns mit.
Die Welt mag fallen — ein Zecher bleibt steh'n!
Zu Ende! — zu Ende! — So werden wir quitt.
Lalerala! lalerala! Schenkt ein! Trinkt aus!

Jetzt öffnet sich der Kreis der Menge und man sieht nun den leeren
Hintergrund der Scene. Wo die Kinder gespielt, flammen Irrlichter
auf, die dann in tollem Wirbel dem Walde zufliegen und verschwinden.
Die Frauen sehen sich vergebens nach den Kindern um.

Die Frauen, immer ängstlicher.

Wo sind die Kinder? — unsere Kinder? —
Weh uns! — Entsetzlich! Die Kinder sind fort!

Chor der Zecher, noch immer an den Tischen.

Lalerala! lalerala! — Stoßt an! trinkt aus!

Die Frauen, die Zecher aufrüttelnd.

Auf, lasset uns suchen den kostbaren Hort!
Die Irrlichter sind im Walde verschwunden.

Der Sänger.

Ihr sucht vergebens, so hier wie dort,
Sie tanzten gar behende;
Ein feiner Knabe lockte sie fort.
Nun hat die Lust ein Ende! —

Die Männer sind von den Frauen aufgerüttelt worden und zur Be=
sinnung gekommen, Andere halten Fackeln, die angezündet werden und
Alle schicken sich in steigender Aufregung an die Suche nach den ver=
schwundenen Kindern zu beginnen.

Alle, Männer und Frauen.

Durch die Kinder
Strafet Gott
An uns Sündern

Frevel und Spott!
Auf, auf! laßt sonder Rast uns eilen,
Gott ist mit uns, wo sie auch weilen;
Wo es auch sei,
An jeglichem Ort,
Gott steht uns bei.
Fort, fort! — fort, fort!

Mit den Fackeln eilen Alle in voller Hast nach dem Walde zu, ab.

Der Vorhang fällt.

Ende des ersten Acts.

Zweiter Act.

Abtheilung III. — In und vor dem Zauberberge.

Eine gewaltige, phantastische Grotte, glizernd von edlen Erzen und
Krystallen, eine Menge Nebengrotten und Nischen bildend. Im Hinter-
grund ein See mit exotischen Gewächsen, farbenprächtigen Blüthen —
auf dem See Schwäne. Heidnische Könige, Götter und Helden. —
Unter einem blühenden Lindenbaum halten die Sänger Tafelrunde.
Zur Seite, rechts, im Vorgrund auf Erzstufen, die mit Blumen be-
deckt sind, ein phantastischer (Blumen=)Thron worauf Venus sitzt;
Tanhäuser liegt ruhend ihr fast zu Füßen. Grazien und Nymphen
schmücken Tanhäuser mit Blumen und dem Geschmeide, welches die
Gnomen herbeischaffen. Feenhafte Beleuchtung. Tanzende Gruppen.
Tanhäuser blickt ernst vor sich hin.*)

Scene 1.

Venus; Tanhäuser; später Amor mit den
Kindern. — Heidnische Könige, Götter und
Helden; Sänger; Grazien, Nymphen und Bac-
chantinnen; Amoretten; Gnomen, welche Ge-

*) Diese ganze Scenerie habe ich hier absichtlich wörtlich wieder-
gegeben, wie der Dichter der Oper Eduard Duller, sie 1843 nieder-
geschrieben, wohl noch bevor Richard Wagner den textlichen
Theil seiner Oper „Tanhäuser" begonnen hatte. Merkwürdig ist
die Aehnlichkeit der Führung dieser Scene (bis auf die Episode der
Kinder, welche Duller allein angehört), in beiden Opern, die zu gleicher
Zeit entstanden, ohne daß die Dichter eine Ahnung von dem beider-
seitigen Vorhaben hegen konnten. Siehe hierfür noch die „Einführung
in die Oper". E. P. —

schneide, edle Metalle 2c. aus dem glühenden Erdinnern
hervorholen und Venus zu Füßen legen.

Chor der Gnomen.

Auf glühenden Sohlen
Gleiten wir nieder
In Schachtes Dunkel,
Reichlich zu holen
Die edlen Kryftalle, das koftbare Erz;
Und den Karfunkel
Und den Demant,
Löfen wir aus der steinernen Wand,
Führen zum Licht wir aus dem Dunkel,
Daß sie erfreuen der Königin Herz.

Chor der Nymphen und Grazien.

Wir flechten und weben
Die Anmuth ins fröhliche Leben.
Und schmücken zu schmeichelndem Kofen,
Der Liebenden Locken mit Rofen.

Ballet, der Grazien, Nymphen und Gnomen.

Nach dem Ballet.

Venus, zu den Grazien und Nymphen.
Laßt, o laßt ab, den Sänger zu krönen
Der ja die Götter selber bekrönt;
Schönheit läßt sich nicht holder erschönen,
Als wenn sie selbst sich im Liebe verschönt.
(Zu Tanhäuser.) Sänger, du Sinnender
Herzengewinnender,
Ach, wie erringe ich
Selige Worte aus deinem Munde?
Sieh', ich umschlinge dich,
Küffe dich tausendmal aus Herzensgrunde.
Ganz bin ich dein!
Und flehe von deinem ganzen Sein,
Nur wenn wir ruhen von heimlichen Küffen
Ein Lied dir wolle vom Herzen sprießen.
Als tausendfältiger Dank!

Tanhäuser, wie traumverloren.

O du, der Schönheit Königin,
Auf dich nur blick' ich hin.
Und werde hinschau'n die Ewigkeit lang!
Doch -- wo sind' ich Gesang? —
Erlaß es mir — ich kann nicht singen.

Venus.

Des Menschen Sang ist unsere Sonne
Und neu belebt uns Menschenschmerz.
Was Dich bewegt, ob Leid, ob Wonne,
Im Liebe spend' es uns Dein Herz.

Allgemeiner Chor der Geister.

Horcht! Ein Sterblicher reget zum Sange die Lippen.
Horcht auf!

Tanhäuser, zur Harfe singend.

Ach, all' mein Leben war nur ein Traum.
Ein Traum vom Zauber des Schönen;
Mein Herz ein voller Liederbaum,
D'ran Blüten wuchsen zu Tönen.
Ich habe gesucht mit unnennbarem Drang
Der Schönheit Urbild auf Erden,
Da rief mir der süße, verlockende Klang:
Hier soll es zu eigen dir werden.

Ich schaue der Schönheit unendliche Pracht,
Im Zauberpalast hier geborgen;
Es ist kein Tag, es ist keine Nacht,
Es ist kein Abend, kein Morgen.
Ihr faßt mich hier unten mit süßer Gewalt —
Und doch — mir graut! — als wär ich gefangen.
O Freiheit! O Lenz! — du grüner Wald,
O könnt' ich euch wieder erlangen!

Amor tritt mit den Kindern auf und führt sie im Zug an Venus
und Tanhäuser vorüber. Das Ballet beginnt seine Tänze von neuem,
doch Tanhäuser unterbricht sie nach den ersten Tacten — der Anblick
der gefangenen, für ewig verlorenen Kinder, hat den berückenden
Bann, der ihn gefangen hielt, gelöst, und außer sich ruft er:

Tanhäuser.

Zerstiebt, armselige Gaukeleien!
Wähnst du Königin, mich dadurch zu zerstreuen? —
Mich faßt das alte Sehnen,
Mir dämmerts, wie alte Sagen —
Von Gott! — — —
Die Kinder, ewig verloren, mahnen mich daran.
Nein, nein! Es ist kein Wahn!
Weh mir, und ich bin von der Hölle gefangen,
Fluch, meinem frevelnden Verlangen!
Nein, nein! Ich fühl' mich plötzlich wieder frei
Ich spotte dein, du tolle Zauberei! —

Venus, ihn haltend.

Sieh', wie dich meine Arme umfassen,
Nimmer darfst du von mir geh'n.

Tanhäuser.

Du hast kein Recht, du mußt mich lassen,
Die Erde will ich wiederseh'n.
Das Licht der Sonne scheine mir wieder —
Durch die Kinder hat Gott mir Erleuchtung gesandt.
Will auf der Erde wandeln auf und nieder,
Bis ich Vergebung und Gnade fand.

Venus.

Gnade, Erbarmen? Thörichte Worte!
Nimmer begrüßt dich der Sonne Licht.

Tanhäuser.

Gnade, Erbarmen! Selige Worte!
Ich hoffe auf den, der die Hölle zerbricht.

Venus und Chor der Geister.

Du bist gegangen durch unsere Pforte,
Bist unser auf ewig, wir lassen dich nicht.

Tanhäuser.

Und bin ich gegangen durch eure Pforte,
In Ewigkeit bin ich der Eure nicht! — —
Bei der Botschaft, die froh ward verkündigt,

Bei dem Blute, das Alle entsündigt,
Frei will ich werden, laß mich fort!

Venus.

Nie wird vergeben was du gesündigt,
Daß du betreten diesen Ort.

Tanhäuser.

Frei will ich werden, laß mich fort!   (Er will fo...

Venus, mit strenger Hoheit.

Halt! ehe du fliehest, eh' ich dich lasse von hier,
Mußt eine Bedingung du mir beschwören.

Tanhäuser.

Nenne sie mir!

Venus.

Bist du um Gnade bettelnd ausgegangen,
Um Lösung deiner Sünden zu erlangen,
Und kannst sie nirgends finden,
Weder Vergebung noch Erbarmen —
Dann kehre heim zu dieses Berges Gründen,
Und nah' zum zweitenmal — auf ewig meinen Armen
Willst du mir dies mit deinem Eid geloben?

Tanhäuser, die Rechte zum Schwur hebend.

So war ich hoff' auf Gottes Gnade droben!

Allgemeiner Chor der Geister.

Er schwört! —
Wir sind Zeugen, wir haben's gehört.

Amor tritt mit den Kindern wieder auf.

Tanhäuser, zu den Kindern.

Kommt mit mir, ihr holden Kleinen!
Aus des Zaubers gleißendem Haus,
Führ' ich schützend euch hinaus.

Venus.

Du magst geh'n, doch diese Kleinen —

2*

Pfänder sei'n sie deiner Treu!
Kehrst du wieder — dann sind sie frei.

Tanhäuser blickt die Kinder schmerzlich an, dann stürmt er fort.

Tanhäuser, im Abeilen.

Befreien werd' ich sie!

(Im Hintergrund ab.)

In demselben Augenblick versinkt der ganze Spuk in tiefschwarze Nacht
und wie durch einen Zauber verwandelt sich die Scene.

Vor dem Zauberberge.

Dieselbe Decoration wie am Schluß der ersten Abtheilung.

Scene 1.

Eckart; dann Innigis und Tanhäuser; später
Wallfahrer; Eckart tritt auf mit blosem Schwert,
die Runde um den Zauberberg haltend.

Eckart, (Romanze.)

Ich darf nicht ruh'n, noch schlafen,
Und wandle ohne Rast!
Ich mache meine Runde
Stets um den Zauberpalast.
Ich wandle mit dem Schwerte,
Zieh' immerdar den Bann
Als der getreue Eckart,
Und warne Jedermann.

Und wenn ich einst gestorben,
Will ich nicht ruh'n im Grab,
Will immerfort noch wandern
Die Erde auf und ab.
So oft die Sünde locket,
Den Ruf erheb ich dann,
Als der getreue Eckart
Und warne Jedermann.

Käm' je auf deutschen Boden *)
Süßwerbend fremde List,

*) Da diese Romanze vom „treuen Eckart" bei der ersten Auf-
führung der Oper in Darmstadt, 17. Mai 1846, von dem dortigen
ausgezeichneten Bassisten J. Neißel mit bedeutender Wirkung gesungen
und von dem Publikum zur Wiederholung verlangt worden war, so
schrieb Eduard Duller für eine zweite Aufführung am folgenden 20. Mai,
diese dritte Dacapo-Strophe. E. P.

Und lockte, der Treu' zu vergessen,
Die Deutschlands Kleinod ist;
Dann wache ein treuer Eckart,
Der warne Jedermann,
Daß Treue in deutschen Landen
Nicht untergehen kann!

Auf der Spitze des Felsens erscheint Tanhäuser, von Innigis geführt.
Sie ruft dem Vater zu.

Innigis, begeistert.

Er ist gerettet! — gerettet!

Eckart.

Heil diesen alten Augen! daß sie befreit
Ihn wiederseh'n! — Er kommt, mein Kind mit ihm!

Innigis und Tanhäuser schreiten langsam zum Vorgrund; Tanhäuser
ist bleich und so mächtig ergriffen, daß er kaum Antheil nimmt an
dem, was mit ihm und um ihn vorgeht.

Alle drei, (Gebet, ohne Begleitung.)

(Niederknieend.) Hör' unser Fleh'n, Barmherziger, an,
Der du nicht willst des Sünders Tod!
Was er gesündigt, war ja nur Wahn.
Halte das liebende Herz ihm offen,
Gieb ihm die Kraft auf dich zu hoffen,
Ewiger, allbarmherziger Gott!   (Sie erheben sich.)

Gesang der Wallfahrer hinter der Scene.

Eckart, ihnen entgegenschauend.

Pilger nahen — ich erkenne sie!
Es sind die Eltern jener Kinder,
Die sündiger Trug in den Zauberberg gelockt.

Chor der Wallfahrer, aus dem Hintergrund im Zug auftretend.

O theures Land, das uns gebar,
Das stets uns treue Mutter war,
Leb' wohl zu tausendmalen;
Wir wissen, da wir von dir geh'n
Nicht, ob wir je dich wiederseh'n,
Umgoldet von Morgenstrahlen.

Tanhäuser.

Wohin des Weges, fromme Waller?

Anführer der Wallfahrer.

Zum Born der Gnade, zu dem Vater Aller!
Verlassend unsre heimischen Herde,
Zieh'n wir nach der geweihten Erde,
Wo Jener wohnt der Macht hat von den Sünden,
Die Seele zu entbinden.

Tanhäuser.

Heil mir, ich sehe Licht!
Das ist des Himmels Zeichen. —
Mit heiligem Entschluß
Ich zieh' mit euch, die Gnade zu erreichen. — —

Ich hoffe fest, Gott läßt uns nicht
Aus seinem Angedenken gleiten;
Er winkt mir gnädig in die Weiten
Und hält getreu, was er verspricht.

Innigis, zu dem Vater.

Mich treibt die heilig-süße Pflicht
In jene unbekannten Weiten;
Ich will ihn schwesterlich begleiten,
Ihm folgen — bis das Herz mir bricht.

Eckart, sein Kind umarmend.

Mir fast das Herz beim Scheiden bricht! —
Pfleg' unsers Herrn in jenen Weiten,
Mein Segen soll dich stets begleiten. —
O Kind, vergiß des Vaters nicht!

Innigis, Tanhäuser und Chor der Wallfahrer.

O theures Land, das uns gebar,
Das stets uns treue Mutter war,
Leb' wohl zu tausendmalen;
Wir wissen, da wir von dir geh'n,
Nicht, ob wir je dich wiederseh'n.
Umgoldet von Morgenstrahlen.

Leb' wohl, du schönes Thüringer Land!
Leb' wohl, mein theures Heimathland! —

Eckart.

Lebt wohl, lebt wohl! Mit treuer Hand
Führ' Gott euch heim in's Vaterland!
Lebt wohl zu tausendmalen!
Der Herr erhör' mein heißes Fleh'n,
Daß wir uns Alle wiederseh'n,
Umgoldet von Morgenstrahlen.
Lebt wohl! Euch führe Gottes Hand
Zurück in's theure Heimathland!

Im Zuge gehen sie ab, nach rechts; Tanhäuser von Innigis geleitet,
schließen sich an. Eckart ergreift sein Schwert und beginnt wieder
die Runde um den Zauberberg.

Der Vorhang fällt.

Ende des zweiten Acts.

Dritter Act.

Abtheilung IV. — In der Kirche des h. Grabes zu Jerusalem.

Das Kirchen-Innere besteht aus einem Vorraum und dem durch einen
Rundbogen abgeschlossenen Chor, zu dem mehrere Stufen emporführen.
Das Langhaus nur durch kleine, scharf-bunte Fenster erhellt, ist in
eine geheimnißvolle Dämmerung eingehüllt, während das hohe Chor
im Kerzenlicht erglänzt und dabei noch durch den Sonnenschein verklärt
wird, der scheinbar zur Seite durch große Fensteröffnungen einfällt.
In der Mitte des Chors ein einfacher Altar, auf dem ein gleich ein-
faches Kreuz sich erhebt. Kerzen auf hohen Leuchtern stehen auf dem
Altar und zu dessen beiden Seiten. In der Mitte des Vorraums
hängt von der Decke die ewige Lampe nieder.

Scene 1.

Die Gemeinde; orientalische Mönche; der
Patriarch Urbanus; die thüringischen Pilger;
Tanhäuser und Innigis.

Zu beiden Seiten im Vorraum der Kirche, ist die Gemeinde versammelt. Zu feierlichem Zuge treten die (orientalischen) Mönche auf, in deren Mitte der Patriarch Urbanus in ernstem kirchlichen Gewande schreitet, einen Stab in der Hand. Ihnen folgen die thüringischen Wallfahrer, Innigis und Tanhäuser, ebenfalls im Pilgergewande. Die Mönche durchschreiten mit dem Patriarchen das Langhaus — die Gemeinde knieet zu beiden Seiten nieder — und ersteigen dann das Chor wo der Patriarch den Altar küßt rc. dann sich wendet und beim Stichwort im Orchester der knieenden Menge (auch die Pilger, Tanhäuser und Innigis, sind niedergekniet) mit ausgebreiteten Händen den Segen giebt, indem er mit der Rechten das Zeichen des Kreuzes über sie macht — Erst nach dem Gesange des Patriarchen erheben sich die Knieenden.

Acht Mönche, anfangs hinter der Scene.

Judicabit judices judex generalis!
Reus condemnabitur, nec dicetur qualis!

Urbanus, auf den Stufen, vor dem Altar.

Durch die Macht die mir geworden,
Abzulösen jede Schuld,
Künde ich, ihr frommen Büßer,
Jetzt auf's neue Gottes Huld.
Jeder, der die Schuld bekannte,
Der gewinnt ein neues Leben.
Hört aus meinem Munde den Ausspruch:
Allen Sündern sei vergeben!

Chor der Wallfahrer, sich erhebend.

Heil uns! So laßt uns freudig ziehen
Zurück ins deutsche Vaterland.
Der Hölle Zauber wird entfliehen,
Wir finden jedes theure Pfand.
O holde Bilder, die uns winken!
O flögen rasch wir heimathwärts!
Wir kehren wieder und es sinken
Die lieben Kinder uns an's Herz.

Tanhäuser, tritt an Innigis Seite aus der Menge.

Heil diesen milden Worten.
Durch die Vergebung Allen ist geworden
Gott wird auch mir das Wort des Trostes senden,
Dem Herzen labende Hoffnung spenden.
Herz, warum bebst du so? Woher dies Bangen?
Noch keiner ist des Trostes baar hier fortgegangen.

Innigis, für sich.

Jetzt wird er vor den Richter treten.
Inbrünstig will ich beten. (Sie kniet nieder.)

Die 8 Mönche.

Judicabit judices judex generalis!
Reus condemnabitur, nec dicetur qualis!

Der Patriarch ist die Stufen des Chors herab und vorgetreten, Tan=
häuser nähert sich ihm.

Tanhäuser.

Vor euer Antlitz tret' ich,
O heil'ger Mann!
Zum höchsten Richter bet' ich,
Daß Ablaß ich gewinnen kann.

Arbanus.

So bekenne mir in Reu'
Und klag' vor Gott dich an.
Nenn' mir offen, ohne Scheu,
Jede Sünd die du gethan.

Tanhäuser.

Weh mir! ich habe gefrevelt
Und verdient den ewigen Tod.

Arbanus.

Wie? So ward dir Hand und Seele
Mörderisch vom Blute roth?
Hast den Bruder du erschlagen,
Oder wohl den Vater gar?
Dennoch sollst du nicht verzagen,
Gottes Huld ist wunderbar.

Tanhäuser.

Nicht am Vater, nicht am Bruder,
Noch an Andern übt ich Mord.
Doch mich selbst hab ich betrogen
Um der Seele ew'gen Hort!

Arbanus.

Welche Räthsel! — Rede deutlich,
Daß ich wisse deine Schuld.

Tanhäuser.

Ich habe an Gott gezweifelt
Und gesucht der Hölle Huld!
Mich lockten Zauberklänge
In des Sündenberges Enge. —
Ich habe gehaust in dem Hörselberg,
Bei Venus der schönen Frauen.
Ich habe vergessen den einzigen Gott
Und den Himmel, den ewig blauen.
O vergebt die Sünde mir!

Er fällt vor ihm nieder.

Urbanus, abwehrend.

Frevler, fort! fliehe von hinnen!
Frevler, fliehe eiligst fort,
Von dem heiligen Ort!
Denn für dich giebt's keine Gnade,
Keine, weder hier noch dort!
Wer dem Himmel untreu worden
Dem hält Gott auch keine Treu!

Tanhäuser.

Nach Liebe dürst' ich voll Reu' und Schmerz!
Wild in die Irre umhergetrieben,
Such' ich voll Inbrunst das Vaterherz.

Urbanus.

Deine Buße selbst ist Frevel,
Deine Reue Judasreu'!

Tanhäuser.

Laßt mich hoffen, laßt mich lieben!

Urbanus und die 8 Mönche.

Frevler, fort! fliehe von hinnen,
Frevler, fliehe den heiligen Ort! —

Innigis, auf Urbanus anderer Seite.

O laßt ihn hoffen, laßt ihn lieben!
Nach Liebe dürstet er voll Reu' und Schmerz.

In der Irre umhergetrieben
Sucht er voll Inbrunst das Vaterherz.

Arbanus und die Mönche.

Deine Buße selbst ist Frevel.
Deine Reue, Judasreu'! —

Tanhäuser.

Laßt mich hoffen, glauben -- lieben! —

Arbanus, in prophetischem Ton, seinen Stab hochhaltend.

Schau den Stab in meinen Händen,
Diesen Stecken, dürr und alt,
Der vor mehr als dreißig Jahren
Ward geschnitten in dem Wald.
Wenn der Stab treibt wieder Blüthen,
Blüht auch dir des Himmels Huld. —
Doch die Gnad' ist dürr geworden,
Wie der Stab   durch deine Schuld!

(In höchster Erregung.)   Der Herr hat dich gerichtet!
Der Herr hat dich verworfen!
Der Herr hat dein vergessen!
Fahr' hin in Verzweiflung!

Die 8 Mönche.

Der Herr hat dich gerichtet!
Der Herr hat dich verworfen!
Der Herr hat dein vergessen!
Fahr' hin in Verzweiflung!

Chor der Wallfahrer; Tanhäuser und Junigis.

Gnade! - Gnade! — Gnade!

Arbanus und die 8 Mönche.

Nein! — Nein! — Nein!

Alle, außer Junigis wenden sich scheu von Tanhäuser ab.

Die Wallfahrer.

Frevler fort, fliehe von hinnen!
Fliehe diesen heiligen Ort.

Denn für dich giebt's keine Gnade,
Keine Gnade, hier noch dort!

Tanhäuser, Innigis.

Gnade! — Gnade! —

**Alle Aebrigen; Urbanus, die Mönche und die
Wallfahrer.**

Auf ewig sei vergessen!
Auf ewig sei verworfen!
Auf ewig sei verdammt!
Fahr' hin in Verzweiflung! —

Nach den letzten Worten wirft Urbanus den Stab Tanhäuser vor die
Füße. Dieser und Innigis wollen seine Knie umfassen, doch Urbanus
stößt sie zurück. Dann entfernt sich der Patriarch, die Stufen ersteigend
durch das Chor. Die Mönche folgen ihm. Tanhäuser stürzt wie be=
täubt zu Boden, Innigis kniet neben ihm nieder. Die Wallfahrer
wenden sich von ihnen ab und enteilen scheu nach beiden Seiten der
Kirche. Die Sonne ist verschwunden, die Kerzen auf dem Altar sind
erloschen und Dunkel herrscht in dem Kircheninnern. Nur die ewige
Lampe beleuchtet unheimlich den am Boden liegenden Tanhäuser und
Innigis, die in verzweifelndem Ringen sich über ihn beugt.

Der Vorhang fällt. *)

Ende des dritten Acts.

Vierter Act.

Abtheilung V. — An der Grenze des Thüringerlandes.

Eine Stelle auf der Höhe des Rennwegs mit Ausblick in eine liebliche
Landschaft Thüringens. Im Vorgrund schließen Wald und Felsen das

---

*) Dieser Act schloß ursprünglich mit einer, dem Fluch des Pa=
triarchen folgenden Scene zwischen Tanhäuser und Innigis. Kein
Glauben und kein Hoffen mehr, nur Verzweiflung von Seiten Tan=
häusers, gläubiger Trost und treue Liebe von Seiten Innigis, und
als Abschluß dieses Ringens ein in der Ferne erklingendes Osterlied
der frommen Gemeinde, das jedoch den Conflict nicht zu lösen vermag.
— Bei der ersten Aufführung gelangte diese „Duett=Scene" zur Aus=
führung; sie blieb, nach dem gewaltigen Ensemblesatz ohne gehoffte
Wirkung und wurde dann bei den folgenden Vorstellungen weggelassen.
Weil dies wohl das Richtige war, findet diese Scene auch hier keine
Wiedergabe. E. P.

Bild zu beiden Seiten ab. Rechts am Wege eine alte knorrige Eiche mit einer bemoosten Felsenbank, halb unter blühendem Buschwerk versteckt. — Sonniger Morgen.

Scene 1.

Tanhäuser und Innigis, in Pilgerkleidern, (von rechts auftretend.)

Tanhäuser führt die ermattete Innigis, geleitet sie zu der Felsenbank, auf der er sie zum Ruhen, niedergleiten läßt. Dann schaut er lange trunkenen Auges in das sonnenverklärte Land hinaus.

Tanhäuser, vortretend.

Mein deutsches Vaterland! — mein Thüringerland!
Ich seh' dich wieder! deine Reize alle
Sie liegen schimmernd vor mir ausgebreitet.
Das Herz ist mir erweitet,
Da ich auf deinem heil'gen Boden walle.

Ich bin unter Lorbeern gegangen,
Hob rastend zu Palmen den Blick,
Doch sehnt' ich mit heißem Verlangen
Mich zur deutschen Eiche zurück.
Ich wallte von Reichen zu Reichen;
Wie viel ich des Herrlichen fand,
Dir läßt kein Land sich vergleichen,
Du deutsches Vaterland!

Die Berge und Thäler und Triften,
Sie winken so traulich mir zu;
Es jauchzen die Vöglein in Lüften:
„O Heimath, wie herrlich bist du!"
Dich preiset das Rauschen der Quelle;
Dein freut sich, so oft sie erstand
Die Sonne und krönt dich mit Helle,
Mein deutsches Vaterland!

Sei gesegnet für ewige Zeiten,
O Heimath, mit deutschem Geschlecht!
Mög' stets es dein' Ehre verbreiten,
Durch Wahrheit und Treue und Recht!
O möge es steh'n wie die Eichen,

Im Sturm, als gewaltig erkannt;
Dein Volk, mög' es keinem je weichen,
Du deutsches Vaterland!

O du, der Menschheit Freundin, holde Sonne
Du zeigst mir nochmals jede süße Wonne
Jedwedem Reiz, mit dem die Erde pranget,
Daß ich mich satt noch schau' an ihren Freuden,
Bevor ich muß vom Licht der Sonne scheiden.

Innigis, die sich erhoben und zu ihm getreten.

O sprich noch nicht vom Scheiden,
Es kann kein Scheiden geben.
Dächt' ich aus Scheiden, so hört ich auf zu leben!

Tanhäuser.

Und dennoch müssen wir scheiden! —
Mich ruft's an jenes Berges Pforte,
Ich muß hinein, ins Reich des Bösen;
Ich muß hinein, mein Wort zu lösen!

Nimm meinen Dank für deine Treue!
Wie eine Schwester hast du mich gepflegt;
Hast, wenn ich schlief, gewacht; dein Antlitz trägt
Die Spuren deiner Sorgen.
Mit jedem neuen Morgen,
Hast du mir Trost ins wunde Herz gegossen,
Bis endlich Thränen wieder mir geflossen.
Laß' ohne Rückhalt dir bekennen:
Dich liebend, geh' ich in den Tod!

Innigis, mit leidenschaftlicher Erregung.

Der Tod soll uns nicht trennen,
Die Hölle selbst entreißet dich mir nicht.
Ich will auch ferner theilen dein Leid,
Will's theilen die ganze Ewigkeit.
Ich folge dir in deiner Noth!

Tanhäuser.

Nein, nein! du darfst mich nicht begleiten,
Denn nur zur Hölle führt mein Weg.

Eckart.
Wo ist mein theures Kind? — Wo ist mein Herr?

Anführer der Wallfahrer.
Sie blieben zurück — doch folgen sie bald.

Eckart.
Mein Herr, hat er die Gnade erlangt,
Um die er ausgezogen?

Anführer der Wallfahrer.
Deinem Herrn ward nicht vergeben. —

Eckart.
Weh mir! — So muß er in den Berg zurückkehren!
O Gott! barmherziger Gott!

Anführer der Wallfahrer.
Es warf Urban ihm seinen Stab zu Füßen
Und sprach dazu das strenge Wort:
Nur wenn am dürren Stab aufs neue Blüten sprießen,
Wird Gnade dir! — Sünder, wandere fort!

Eckart.
So ist auf ewig er verloren!

Tanhäuser und Innigis treten auf, von rechts — (ohne Pilgermäntel).

Eckart, auf Innigis zueilend.
Du lebst! Du lebst!

Innigis.
Mein theurer Vater! (Umarmung.)

Tanhäuser, Eckard die Hand reichend.
Sei mir gegrüßt, du treuer Mann!

Eckart.
Gelobt sei Gott, ich hab' euch wieder,
Und lindernd rinnen meine Thränen!

Innigis.
Ach, unser Wiedersehn ist Scheiden!

Eckart.

Mein Kind — willst du mich wieder meiden?

Innigis.

Ich kann den Theuren nicht verlassen,
Sein Schicksal will ich mit ihm theilen.
Bis einst der Auferstehungsmorgen,
Hineintagt in der Hölle Nacht.

Eckart.

Ich alter Mann kann's nimmer fassen
Mir bricht das Herz bei dieser neuen Pein!

Tanhäuser, zu Innigis.

Den Vater sollst du nicht verlassen,
Mein Schicksal trage ich allein!

Innigis.

Ich kann nicht anders — bin ja für ewig dein!

Innigis kniet nieder. Eckart legt ihr segnend die Hände aufs Haupt.

Eckart.

Gott segne dich! Der ewige Morgen
Bekröne dich mit lichtem Schein.
Ich fühl's, du kannst nicht anders handeln,
Die Treue leitet deinen Fuß.
So magst du mit dem Theuren wandeln,
Und nimm des Vaters letzten Kuß!

Eckart hebt Innigis empor, umarmt sie und drückt einen Kuß auf ihre Stirne.

Scene 2.

Vorige; Venus; Geister des Zauberberges; später die Kinder.

Die Pforte des Berges öffnet sich krachend. Alle weichen scheu zu beiden Seiten zurück. Ein röthlicher Licht=Nebel verhüllt das Innere des Zauberberges, aus dem jedoch der goldne Baum deutlich sichtbar hervortritt.

Stimmen im Innern des Berges, schon vor dem Oeffnen.

Tanhäuser! — Tanhäuser! — Tanhäuser! —

3

— 34 —

Venus, erscheint unter der Pforte.

Die Frist läuft ab, du fandest nicht Gnade!
Nun stehen dir offen die schimmernden Pfade,
Löse dein Wort! —
Ich breite meine Arme dir entgegen;
In schnellen Schlägen
Pocht dir mein Herz.
Komm', es freu'n sich die Himmlischen alle,
Komm', in die festlich geschmückte Halle! (Verschwindet.)

Tanhäuser und Innigis.

So lebe wohl, du heilige Sonne,
Mein Auge nie dich wiederschaut.

Eckart.

Leb' wohl mein Kind, du meine Wonne,
Mein Auge nie dich wiederschaut.

Die Wallfahrer.

So lebet wohl, Gott möge walten,
Nie läßt er den, der auf ihn baut!

Tanhäuser und Innigis scheiden und wandeln langsam der Pforte des Zauberberges zu. Alle Uebrigen sinken betend in die Knie. Eckart pflanzt, bevor er niederkniet den Stab in die Erde.

Eckart und Chor der Wallfahrer.

Herr, durch dein eignes Aufersteh'n
Laß' du sie aus den Gräbern geh'n,
Nicht ewiglich verderben!

Tanhäuser und Innigis sind in dem lichtrothen Nebel des Berginnern verschwunden.

Geisterstimmen, im Innern des Berges.
Triumph! — Triumph! — Triumph!

Der frisch gold'ne Zweig des Baumes fällt klirrend zu Boden. Der Fels schließt sich unter einem furchtbaren Donnerschlag und lang nachhaltendem Geroll. — Aus dem Stab sprossen drei Rosen hervor.

Eckart. (Er erhebt sich.)

Was seh ich!
Der Himmel giebt ein Zeichen,
Die Gnade blüht, die Hölle muß weichen!

Die Wallfahrer.

Die Gnade blüht, die Hölle muß weichen!

Eckart, zu den Wallfahrern.

Ihr, die ihr schon die Hoffnung aufgegeben,
Schaut hin, und schöpft aus Hoffnung neues Leben.
Der dürre Stab trägt eine frische Blüte.
Beugt euch in Staub, denn wunderbar ist Gottes Güte.

Die Wallfahrer haben sich erhoben und mit freudigem Erstaunen das
Wunder des Stabs geschaut.

Die Wallfahrer.

Beugt euch in Staub, denn wunderbar ist Gottes Güte.

Eckart.

Hab' Dank, du ewige Güte,
Die Verheißung hat sich erfüllt,
Die Wunderblüte
Ist der Hoffnung tröstliches Bild!

Die Wallfahrer.

Hab' Dank, du ewige Güte,
Die Verheißung hat sich erfüllt.

Eckart nimmt den Stab aus der Erde, eilt gegen den Felsen und
berührt dreimal das Gestein mit den Rosen.

Eckart.

Im Namen der ewigen Güte!
Im Namen der Liebe und Treu!
Zersprenge die Felsen, o Blüte,
Und gieb die Gefangenen uns frei!

Die Wallfahrer.

Im Namen der ewigen Güte!
Im Namen der Liebe und Treu'!
Zersprenge die Felsen, o Blüte,
Und gieb die Gefangenen uns frei!

Der Felsen weicht auseinander. Tanhäuser und Innigis treten aus
dem Innern des Berges, das jetzt tief dunkel ist, aus dem Flammen
emporschlagen, hervor, die Kinder mit sich hinaus ins Freie führend.
Hinter ihnen stürzt der Fels mit furchtbarem Getöse zusammen.

3*

Offene Verwandlung.

Die Scene stellt jetzt die kahle Kuppe des heutigen Hörselberges dar,
mit dem Ausblick von dieser Höhe auf die im vollen Sonnenglanz sich
zeigende Wartburg und ihre Umgebung. Das Sonnenlicht geht dann
in rothglühende Abendbeleuchtung über.

Letzte Scene.

Vorige, ohne Venus; die Kinder.

Mit rührender Freude wurden die geretteten Kinder von den Eltern
(den Pilgern) empfangen, dann gruppiren sie sich um Eckart, Tauhäuser
und Innigis.

Schlußgesang.

Der Herr mit seiner Rechten,
Führt uns aus Todesnächten.
O ewige Treu', du wankest nicht!
Preis dir und Dank, du ewiges Licht!
Halleluja! Halleluja!

Der Vorhang fällt.

Ende der Oper.